CACILDA

Fátima Parente

CACILDA

ilustrações

Fernando Pires

Minha Editora é um selo editorial Manole

EDITOR GESTOR: Walter Luiz Coutinho
EDITORA: Cristiana G. S. Corrêa
PRODUÇÃO EDITORIAL: Lira Editorial
CAPA, PROJETO GRÁFICO E DIAGRAMAÇÃO: Fernando Pires
ILUSTRAÇÕES: Fernando Pires

Dados Internacionais de Catalogação na Publicação (CIP)
(Câmara Brasileira do Livro, SP, Brasil)

Parente, Fátima

Cacilda/Fátima Parente; ilustrações Fernando Pires. –
Barueri, SP: Manole, 2017.

ISBN 978-85-7868-246-0

1. Ficção – Literatura juvenil I. Pires, Fernando. II. Título.

16-08912 CDD-028.5

Índices para catálogo sistemático:
1. Ficção: Literatura juvenil 028.5

1ª edição – 2017

Editora Manole Ltda.
Avenida Ceci, 672 – Tamboré
06460-120 – Barueri – SP – Brasil
Tel.: (11) 4196-6000 – Fax: (11) 4196-6021

www.manole.com.br | info@manole.com.br
Impresso no Brasil | *Printed in Brazil*

Este livro contempla as regras do Acordo Ortográfico da
Língua Portuguesa de 1990, que entrou em vigor no Brasil em 2009.

Para todas as mães.

Em especial, para as mães adolescentes

menores de 14 anos.

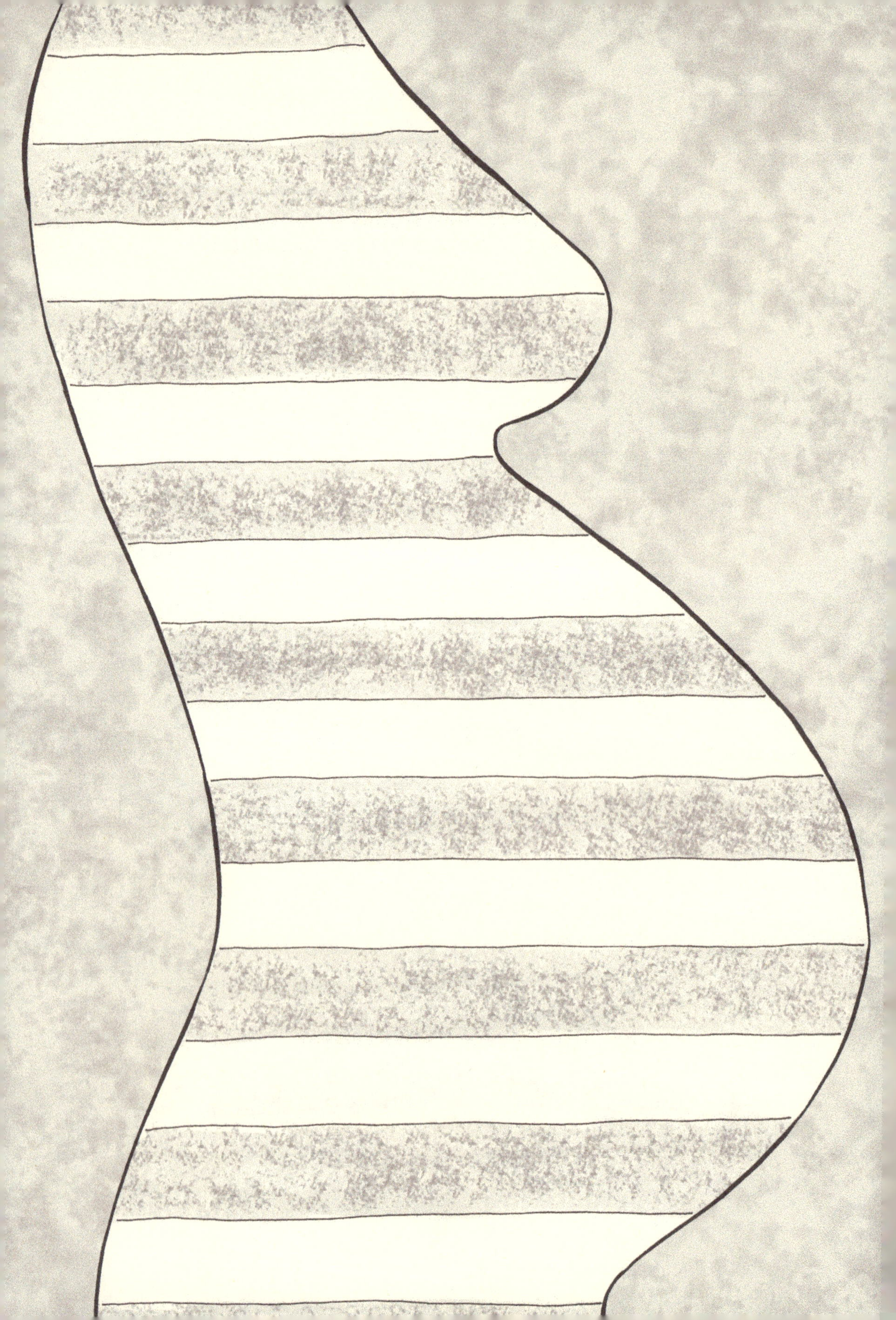

SUMÁRIO

PREFÁCIO

Não leia este prefácio agora!

Mas se você quiser ler antes de ler a história, não tenha medo porque eu não darei nenhum *spoiler* aqui. Apesar de esta história ter uma grande surpresa ao final...

Eu nunca leio prefácios antes de ler o livro... eu penso que a obra fala por si.

Entretanto, você não precisa fazer como eu. Você, caro leitor, tem a liberdade de ler este prefácio antes ou depois.

Bom, se você leu até aqui, imagino que queira continuar. Então, vou me esforçar para merecer esta obra.

Cacilda é daquelas histórias que são eternas porque tratam de assuntos que nunca perdem o interesse, por falarem sobre a natureza humana, suas paixões e seus dilemas. *Cacilda* poderia ter sido escrito há cem anos. E poderá ser lido daqui a cem anos, que ainda despertará interesse ao seu leitor.

Cacilda trata de um dilema que a humanidade tem enfrentado há tempos: viver a infância e a adolescência em sua plenitude – com todos os seus limites e maravilhas da imaginação –, ou pular essa fase de desenvolvimento humano e já partir para enfrentar a vida de adulto?

Mas não se engane. Apesar do tema sério, encontramos em *Cacilda* uma história bem contada, aliás, como a autora sabe muito bem fazer. Já mostrou isso com o seu *Na sombra de todas as árvores*, onde o leitor se sente como se ouvisse um "causo", passeando pela infância de uma menina, um universo formado por árvores e seus mistérios. E, assim como no seu primeiro livro, *Cacilda* também fala de infância, amadurecimento, sonhos...

Seu estilo oral agrada ao ouvido. Experimente ler *Cacilda* em voz alta e entenderá o que eu digo. Mas não pense que a autora somente sabe contar uma história. Ela também tem o conhecimento técnico – se podemos usar esse termo em se tratando de literatura. Talvez seja melhor dizer que ela domina o assunto em seus aspectos relativos às questões biológicas e – por que não dizer – emocionais e mesmo sociais. A autora é neonatologista, cuida de recém-nascidos para que se desenvolvam adequadamente nesses primeiros dias. Imagino que ela esteja habituada a tratar diariamente também das famílias desses recém-nascidos e, dentre elas, as muitas mães que se encontram na mesma posição que a nossa Cacilda; uma adolescente – quase uma criança, ainda às voltas com a sua boneca – que já tem que enfrentar, muito precocemente, o mundo adulto, suas barreiras e dificuldades.

A protagonista, de 13 anos, é uma garota comum tentando encontrar o seu lugar no mundo. É claro que Cacilda tem a necessidade de crescer, faz parte da natureza, não seria natural permanecer criança a vida toda. O que devemos refletir é o que desejamos para as nossas crianças. É aceitável excluir da sua vida essa transição que a adolescência representa?

Em *Cacilda*, a gente sofre, se alegra, se assusta, recrimina, torce... às vezes, tudo ao mesmo tempo!

Assim como sua mãe plantou uma árvore – um tamarindeiro de presente para seus filhos, para assim preservar a sua presença –, Fátima Parente agora planta esta *Cacilda* para todas as meninas e meninos. É um presente para ser decifrado pelas gerações que virão.

Fernando A. Pires

Arquiteto, autor e ilustrador.
Publicou dez livros de literatura infantil e juvenil,
gosta de gatos e de escrever sobre eles.
Para ilustrar este livro, inspirou-se em uma colega
de escola que era toda pintada como a Cacilda.

A SURPRESA

A maternidade carrega dúvidas, ansiedade,

e traz muitas surpresas...

Ivens e Consuelo formavam um casal de uma pequena cidade interiorana do Rio de Janeiro.

Namoraram cinco anos e, desde essa época, sonhavam em ter um filho homem. Casaram-se. Consuelo engravidou várias vezes e, em todas elas, um momento enchia-a de expectativa e emoção: *a hora da revelação do sexo.*

O casal já tinha seis meninas, quando Consuelo, aos 36 anos, engravidou novamente. Era uma mãe bastante experiente, o suficiente para entender que toda gravidez é uma caixinha de surpresas.

Daquela vez, o exame de ultrassonografia da gestação mostrou que esperava um menino. Ficou em êxtase! Entusiasmada, dedicou os seus dias preparando os detalhes – o enxoval, as lembrancinhas e os enfeites para o chá de bebê –, tudo feito com muito mimo para o tão esperado filho. Em sua mente, já carregava a imagem do pequeno: a cor do cabelo, da pele e dos olhos – como também tinha decidido que ele se chamaria Francisco, pois era devota do santo (não poderia escolher nome melhor!).

O pai não se continha, radiante, sentia a necessidade de comunicar a boa-nova por onde passava: "agora sim, vou ser pai de um menino". "Ele se chamará Francisco". Assim, logo a notícia da chegada do herdeiro se espalhou na cidade.

Aos olhos do casal, tudo parecia perfeito, afinal o tão sonhado filho estava mesmo a caminho! Contavam os minutos para o "grande dia", quando, finalmente, três dias antes da data prevista para o nascimento, de maneira surpreendente, nasceu mais uma menina: a sétima filha!

Com certeza, aquele momento teria sido muito especial para o casal, se tivesse ocorrido conforme previsto.

Na sala de parto, entre o movimento do parto e o chorinho do bebê, uma pediatra dirigiu-se à mãe, mostrando a menina e contando a novidade.

Consuelo, apavorada e quase chorando, manifestava sua frustração olhando para ela e imaginando que era ele: "Onde está o menino que eu carreguei durante nove meses? Tudo guardado, tudo preparado para ele... Mas o exame mostrou que era homem! Eu queria um menino...".

O pai, muito ansioso, aguardava notícias na sala de espera. Inconformado quando soube que seria pai de mais uma menina, recusou-se a acreditar, colocou a mão na cabeça e disse: "puxa, todo mundo já estava sabendo". Para ter certeza, mandou checar a pulseira de identificação da criança.

O médico que fez o parto entendia que toda gestação, do início ao fim, está sujeita a imprevistos. Conhecia essa história, sabia que tinha sido apenas um erro de imagem. Com-

preendia o desejo do casal, mas não havia dúvida de que tudo estava no lugar certo. Naquele momento, apesar do baque, com muita sensibilidade e um profissionalismo raro, chamou o pai para perto da mãe e falou: "em qualquer nascimento pode haver surpresas, ninguém se prepara para isso, mas a vida fala com cada um por meio dos acontecimentos, um dia vocês entenderão".

Logo, o casal se convenceu da realidade, vendo que isso não o afetaria, afinal, já tinham seis meninas. E o bebê que se chamaria Francisco foi registrado com o nome de Cacilda.

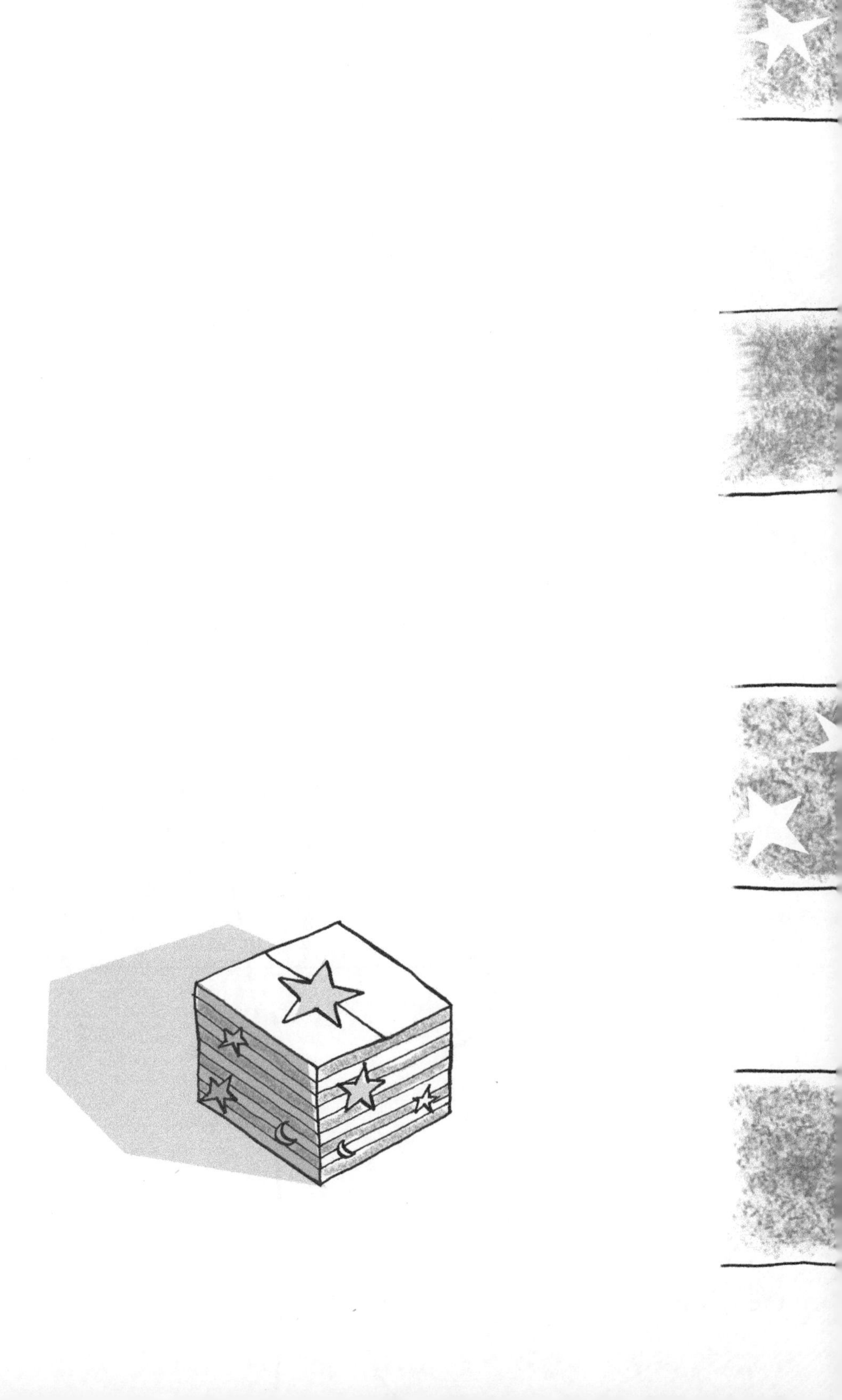

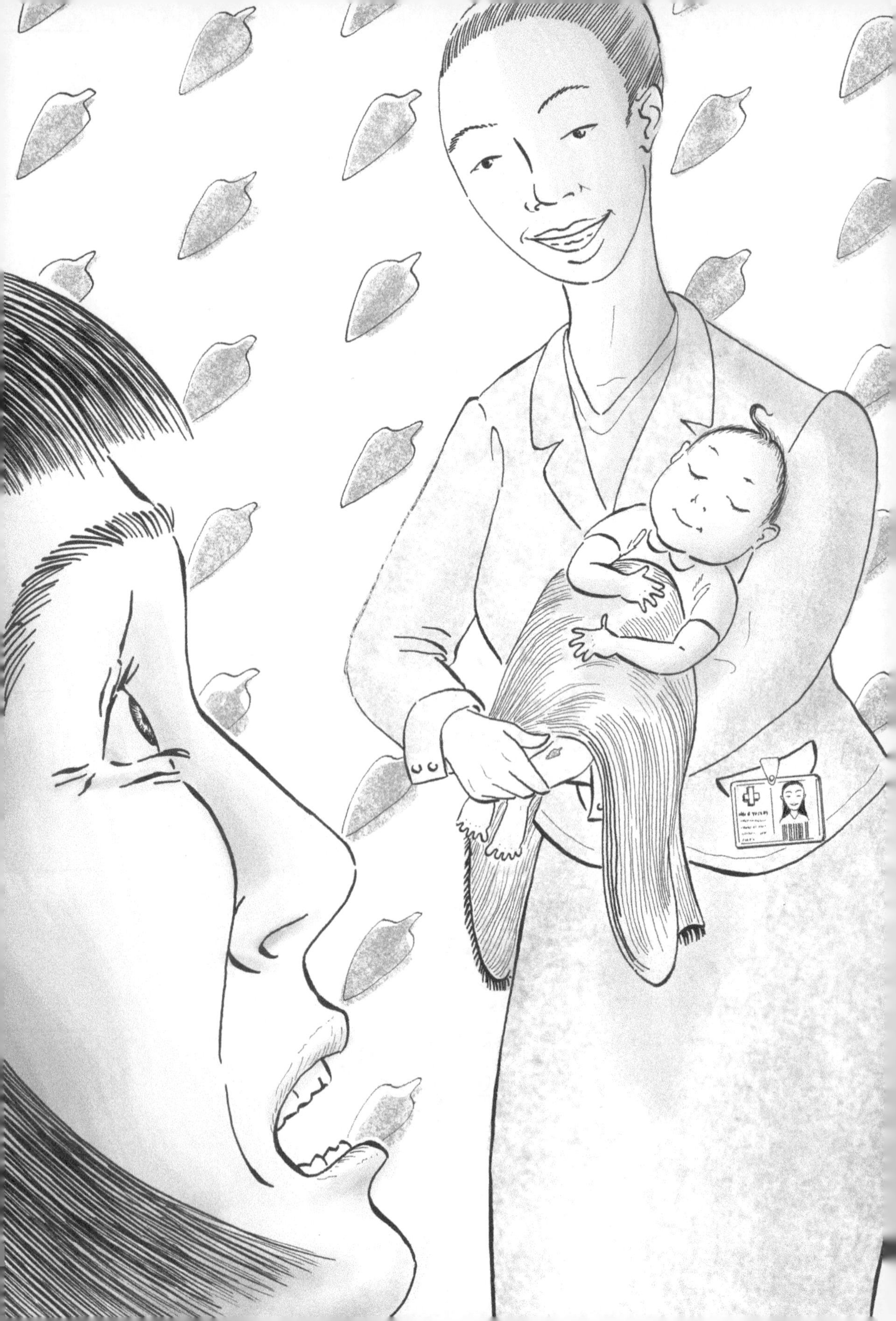

2

A PEQUENA NOTÁVEL

Quando os apelidos

enfeiam o corpo e a alma...

Consuelo ainda lembra que, horas depois que ganhou a bebê, já no quarto, uma enfermeira entrou no quarto com a menina nos braços e falou: "Sua filha tem uma mancha escura na perna."

Naquele momento, sentia uma incômoda sonolência, que se misturava com o pensamento ainda do filho – o quarto, o enxoval, o nome... tudo – mas, mesmo assim, a enfermeira tentava mantê-la acordada, perguntando se queria amamentar ou segurar e mostrando a mancha...

Conta que a única coisa que percebeu foi como sua filha tinha as pernas bonitas, dormindo pesado rapidamente.

Era um sinal na batata da perna, amarronzado, ligeiramente parecido com uma folha, que, comparado com o da avó na coxa, só mudava de local.

Cacilda foi crescendo e sentindo que o tal sinal, que herdou da avó, chamava atenção. Embora houvesse gente que até mesmo o admirava, como quando diziam que era bonito, algumas vezes era alvo de zombaria, tanto na rua como na escola.

"Ei, menina, quando sua mãe engravidou de você, colocou uma folha de louro no sutiã!?". Quando não, diziam que era uma moeda ou qualquer outra coisa.

Com o passar do tempo, a mãe foi percebendo que a filha tinha, além do sinal, outras semelhanças com sua avó materna: a cor clara da pele e do cabelo, o formato do rosto, o nariz e até mesmo certas preferências pessoais. A avó, por sua vez, andava toda vaidosa com a aparência da netinha.

Era uma menina baixinha, cheinha e clarinha, com cabelos cacheados e arruivados, como sapecados. Andava muito no sol, e sua mãe não era nada fã de protetor solar, daí, com o tempo, o seu rosto foi se enchendo de pintas – as famosas sardas –, tornando-se assim ruivinha e sardenta. Recebeu vários apelidos: pintada, foguinho, enferrujada, ovo de perua, moranguinho...

Em casa, sofria com as zombarias das irmãs: "Ah, mamãe, foi a pintada que falou, foi a pintada que esqueceu, foi a pintada que sujou, foi...". Riam e se divertiam à custa da irmã.

No seu aniversário de dez anos, ganhou de uma tia uma boneca com o rosto pintado. Ao entregar-lhe, a tia disse: "Este presente é a sua cara".

Quando pedia alguma coisa e não lhe davam, logo pensava: "Ah, só porque sou pintada".

A princípio, ela não reclamava nem se deprimia, mas questionava sobre seu rosto e imaginava que era a única filha pintada. Ficou claro que isso lhe marcou, visto que, aos poucos, foi se afastando da convivência natural com as irmãs.

Tinha o hábito de acordar e se olhar no espelho, na esperança de as sardas terem desaparecido.

"Que chato! É melhor eu evitar o espelho. Queria dormir e acordar diferente!"

Na escola, era alvo de brincadeiras maldosas. Havia aqueles alunos que achavam o máximo fazer chacota. Era algo que ela jamais faria com ninguém.

" – Ei, baixinha, tomou banho na chuva?"

"– Você foi para o chuveiro e não se secou?"

" – Estou doido para comer um moranguinho."

Contava com apenas uma amiga, que também sofria preconceito. Chamava-se Marina, mas tinha o apelido de Maria Bolinha. Carregava um defeito congênito na mão direita – um apêndice digitiforme (apêndice em forma de dedo) – que sua mãe nunca se preocupou em mandar retirar. Percebia que os colegas ficavam zombando do seu dedinho, fora que foi forçada a aprender escrever com a mão esquerda, nada muito natural.

As duas compartilhavam os mesmos sentimentos, e assim, foram parceiras em muito mais do que estudo – sempre juntas no recreio, quase não brincavam, com medo das zombarias.

Tudo isso passava batido na escola.

E Cacilda sempre dizia para Marina: “obrigada, amiga, obrigada por você existir.”

3

A SONSA

A ingênua e a esperta

num só rosto que confunde.

Ah, mas quando Cacilda queria alguma coisa, quase certamente usava seu jeito manso e misterioso para conseguir, chegando até a desafiar as convenções da família, como agia quando queria “ficar” com o primo.

Era sonsa, ao contrário das irmãs...

Seus pais tinham certas exigências com as filhas, que, segundo eles, cada qual precisava levar a vida de acordo com a idade. Assim, Cacilda, com apenas treze anos, não podia fazer o que muitas garotas da sua idade faziam, como sair à noite sozinha, namorar e frequentar festas.

Entretanto, um fato intrigava Ivens e Consuelo: a desproporção entre a idade de Cacilda e a sua desenvoltura para aprontar. Era como se convivessem ao mesmo tempo com duas pessoas, uma ingênua e outra, esperta.

Certo dia, por exemplo, a garota falou para a mãe que dormiria na casa da avó para lhe fazer companhia.

Era domingo à noite quando chegou de surpresa na casa da avó. A casa ficava em um terreno murado, em uma rua tranquila, onde, aos domingos à noite, era costume ter gente indo e voltando de um baile *funk*. Era a festa mais popular da cidade, na qual mulheres e garotas eram em número maior que os rapazes.

A avó ficou contente com a chegada da neta. Sempre fez de tudo para vê-la feliz, parecia ser a neta mais querida – dava-lhe presentes (os melhores com que uma superavó pode presentear uma neta), apiedava-se dela por saber que era vítima de *bullying* e ficava imaginando como era triste ser chamada por apelidos maldosos. Além do mais, estava vivendo muito sozinha, pois fazia pouco tempo que seu marido, um professor aposentado, falecera.

Dedicava a maior parte do seu tempo à memória do marido – lembrava-se dele com emoção, visitava seu túmulo, rezava e fazia poesias saudosistas. Os dois tiveram um casamento cheio de altos e baixos, mas, ainda assim, ele havia perdurado por mais de cinquenta anos. Sempre juntos – o nascimento dos filhos, as doenças, o caso extraconjugal, o casamento dos filhos e o envelhecimento, momento em que ficaram sozinhos, apoiando-se mutuamente. Agora, ele não estava mais perto dela, nem agora nem nunca mais...

"Vó, vim dormir aqui para lhe fazer companhia."

"Que bom que você veio, minha menina" – disse a avó, depois de abraçá-la.

Aproveitou a visita da neta para falar do seu descontentamento com a vida. Com um ar lamuriento e uma voz cadenciada, parecia recitar uma oração: "desde que seu avô morreu – há três meses –, venho me sentindo muito sozinha neste casarão que, a cada dia, fica mais vazio. Nem

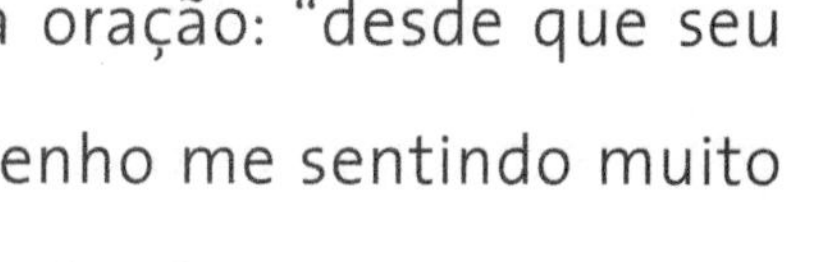

bicho eu tenho para me fazer companhia. Meus filhos quase não aparecem".

Isso espelhava a solidão da avó, que se somava ao desencanto pela vida, o qual não era maior ou menor que o de muitas outras viúvas quando se dão conta da viuvez.

Assim, conversaram, jantaram e depois se dirigiram até o quarto em que Cacilda dormiria. Era um quarto grande, no qual a avó guardava algumas lembranças. Parecia não habitado havia algum tempo. Decorado com uma mobília antiga, lá dentro estavam: um relógio cuco com os ponteiros quebrados; uma cama de solteiro estilo provençal; um armário gigantesco; uma cadeira com assento de palha; e uma mesinha baixa, tipo escrivaninha, quase em frente à janela. Em uma parede, uma coleção de fotos pequenas da família, dispostas em prateleiras e, em um cantinho, quadros maiores de seu avô, intactos na memória.

Em um relance, os olhos de Cacilda pararam sobre um dos quadros e, depois, em outro. Olhava-os como se não fossem nada – porque, de fato, para ela não era, diante da grandeza do valor que tinham para a avó. Um garotinho e um senhor com diferença de mais de sessenta anos. O primeiro quadro era uma dádiva histórica – não era só uma foto de criança, mas também a primeira foto da vida de seu avô, em trajes de banho, passeando na praia. O segundo, o simpático velhinho, já aposentado, com a lustrosa e erudita careca, rosto enrugado e um olhar tão melancólico envolto em pesadas olheiras, que poderia até mesmo ser comparado à expressão atual da avó.

Sorrindo ternamente diante da segunda imagem, algo lhe chamou atenção: uma folha de papel fixada no canto da moldura – uma sensível reverência ao tempo, em forma de poesia, escrita à mão por sua avó:

EU JÁ VIVI

O mundo para quando penso em ti.
As ideias somem...
A música saudosa surge.
A solidão pesa...
E eu me concentro em ti.
Vejo-te numa imagem saudosa,
no retrospecto da minha mente.
Que saudade do dia de ontem!

Ser amada e amar.

Ver novamente aquele homem

que me fez mulher.

Sentir a imagem

de um ser que foi só alegria.

Sofrer e sorrir ao seu lado.

Que vida essa que te perdi!

Meu corpo só tem um lado,

o outro sumiu de mim.

Sou hoje hemiplégica,

num mundo que já vivi...

Cacilda, depois que leu a poesia, pensou: "Tudo neste quarto é passado..., mas... tem uma janela!".

Evidentemente, aquele quarto era, para a neta, muito mais que um espaço de memórias, em que poderia dormir perto da avó: era o local ideal para o que o momento despertava – uma vida cheia de regras, limites, sujeição, preconceito –, mas com uma janela para a evasão, a liberdade, a aventura, o amor...

Uma janela para fugir...

4

A SEDUÇÃO

Quando a vulnerabilidade se deixa levar pela sedução.

Que a avó não venha a saber, mas Cacilda não tinha ido à sua casa – coisa nenhuma – lhe fazer companhia! Queria apenas se encontrar com um primo por quem estava estranhamente atraída.

Era seu primeiro amor...

Fazia uns vinte dias que tinha encontrado o primo na quermesse de uma igreja, quando tudo começou.

Era um arraial interiorano, no qual tinha de tudo: quadrilha improvisada, shows com músicas regionais, barracas com comidas típicas, brincadeiras e até mesmo correio elegante. Como no ano anterior, as irmãs dançariam a quadrilha e ela ficaria apenas olhando, mas, para sua surpresa, antes de a quadrilha começar, uma pessoa desconhecida a abordou e entregou-lhe um papel em formato de coração, no qual estava escrito: "Oi, meu nome é Danilo, mas pode me chamar de primo. Quer dançar a quadrilha comigo?".

"Nossa, o Danilo, meu primo, por que será que ele quer dançar comigo?" – pensou. Quase nada disposta a entender, inicialmente só leu o papel – como algo sem grande valor. Aos poucos, foi entendendo o verdadeiro sentido de aquele "papel" ser chamado de "correio elegante".

De longe, os olhos dele saltavam e lentamente foi se aproximando, enquanto estalava os dedos. Puxou assunto, conversaram... Ele se ofereceu para pagar uma Coca-Cola e depois segurou sua mão, puxando-a firme rumo ao salão.

Parecia um exagero, mas tinha tanta gente dançando a quadrilha que os dois foram obrigados a dançar bem juntinhos. E, quando ele dava o passo do *anavan tur* na sua frente, ela ficava olhando e rindo da bunda dele balançando no ritmo da música, com uma calça jeans apertada.

Como em um jogo de sedução, ele segurou a mão dela com força e falou num sussurro: "Quero dançar com você até o sol raiar!". Sem saber o que dizer e desajeitada, ela ria e se divertia.

Foi então, depois desse xaveco, que muita coisa mudou na vida de Cacilda. De forma ingênua e até despretensiosa, começou a se interessar por ele e, duas semanas depois, já estavam "ficando".

Eram da mesma família, mas viviam em mundos bem diferentes. Para começar, tinham uma diferença de idade de dez anos, e, com vinte e três anos, órfão de pai e com a mãe no segundo casamento, Danilo já morava sozinho. Além disso, ele era muito sedutor – um típico cavalheiro que deixava qualquer garota "derretida".

Embora ainda fosse estudante, Danilo tinha uma condição econômica boa. Era dono do único escritório de Direito

Trabalhista da região, que herdou de seu pai – advogado muito conhecido pelo seu trabalho, mas que, depois de sofrer um derrame cerebral, ficou condenado a viver seus últimos dias sentado em uma cadeira de rodas.

Aos domingos, costumava ir ao baile *funk*, no qual ficava sempre rodeado de amigos falando de tudo, mas, principalmente, contando sobre as novas e frequentes conquistas amorosas. Era supernormal ouvi-lo dizer que estava apaixonado por Tereza, e depois não. E a próxima e a seguinte e depois, por Tereza de novo, mudando de ideia mais uma vez. Normalmente, não teria ficado com ela. As garotas com quem sempre saía eram adultas, mas, chegou a vez de Cacilda – a prima adolescente.

Todos esses motivos faziam dele um par romântico improvável para uma jovem adolescente de treze anos, que nunca tinha namorado.

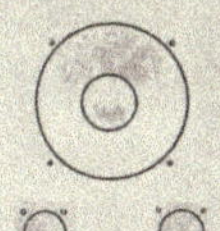
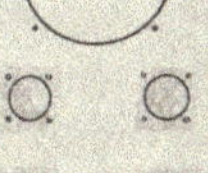
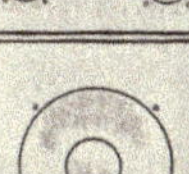
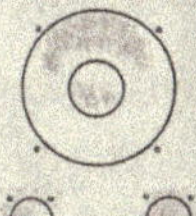

5

O BAILE

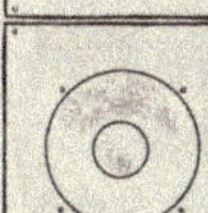
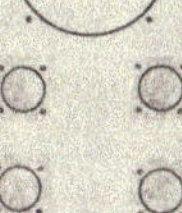
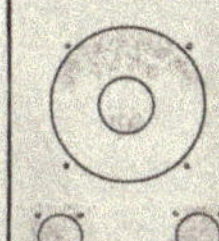
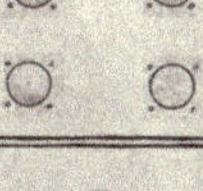
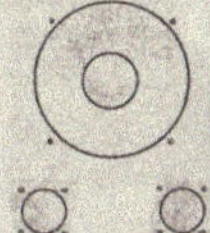
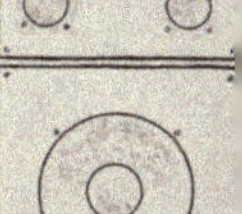

O medo faz parte, porém,

quem tem coragem vai em frente!

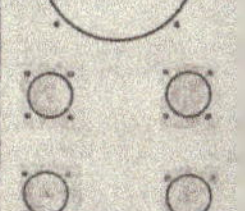
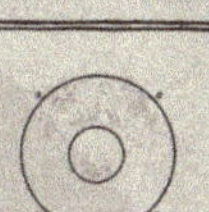

No quarto, sentada na cama, ficou olhando fixamente para uma teia de aranha num canto da janela. Piscava os olhos à medida que o tempo passava e a vontade de se encontrar com o primo aumentava.

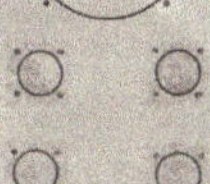
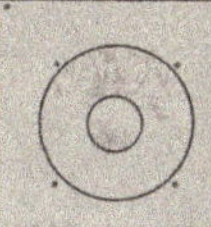
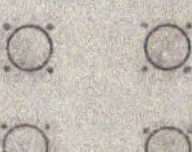

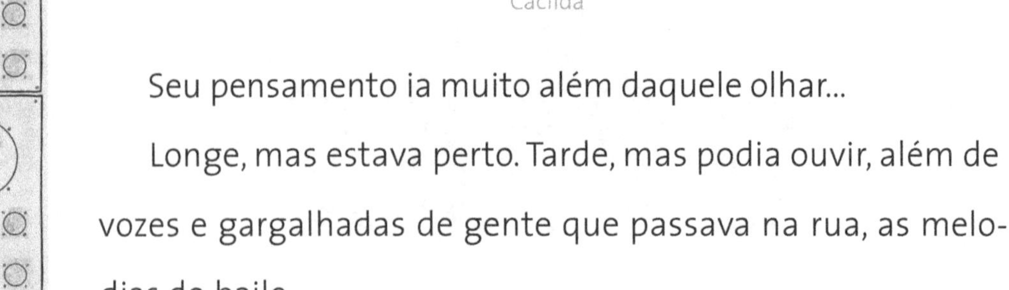

Seu pensamento ia muito além daquele olhar...

Longe, mas estava perto. Tarde, mas podia ouvir, além de vozes e gargalhadas de gente que passava na rua, as melodias do baile.

Tornava a direcionar sua atenção ao som, sentindo que o volume ficava mais alto à medida que o silêncio da noite aumentava.

"Tenho que ir ao baile de qualquer jeito", pensou várias vezes.

Um pensamento lhe encorajou: "Vovó deve estar dormindo", decidiu agir. A sandália estava ali, a calça jeans desbotada e velha que ganhou de uma tia, também.

Andando suavemente até a porta da sala, hesitou antes de abri-la: "Se a porta estalar, vovó pode me pegar".

Só via uma solução: pular a janela. Subiu na mesinha e, com cuidado, puxou o ferrolho da janela, tentando abri-la. Inicialmente foi impossível! "Está emperrada? Trancada por fora?" Sentiu-se presa. Mas, mesmo com medo da janela ranger, empurrou-a com mais força, até que ela abriu...

"Ufa!", murmurou.

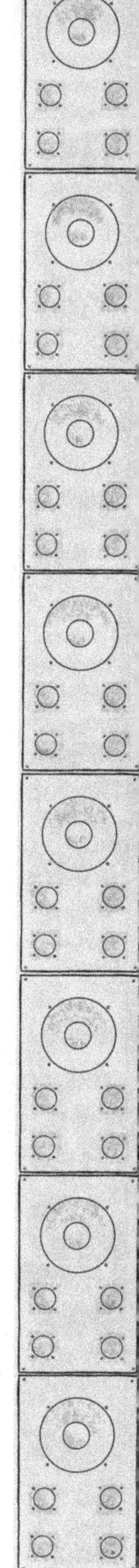

Faltavam vinte minutos para as dez da noite, e, exatamente naquele momento de coragem, Cacilda arremessou a sandália pela janela. A essa altura, sua avó já estava dormindo. A garota colocou as mãos firmes no peitoril da janela e saltou o olhar para fora. Sentiu que o mundo brilhava diante de seus olhos: à sua frente, viu a antiga mangueira com os galhos agitados pelo vento. Quando olhou para cima, viu milhares de estrelinhas piscando no céu. Para a esquerda, alguns pedestres na *Rua dos amigos*. E, para baixo, a calçada estreita da casa.

Logo pensou na altura do pulo...

"Não tenha medo, Cacilda!" – disse consigo.

Respirou fundo!

Ignorando o fato de que poderia ter um traumatismo craniano, tateou a janela e aterrissou descalça na calçada fria – PUMMM... De fora, puxou cuidadosamente a janela, para não ficar escancarada.

Aquele pulo foi tão ousado quanto o seu desejo de ir ao baile!

Escapando de fininho, pegou a estrada. Conforme ia andando a passos largos, olhava para trás em direção à casa da avó e dizia novamente consigo:

“Não tenha medo, Cacilda!”

Por um momento, pôde sentir o vento noturno que vinha de longe carregando um cheiro inebriante e único de dama-da-noite.

“Que aroma!”

Conforme se aproximava da festa, reparava o espetáculo vivo de gente se divertindo – uns tomando cerveja, outros fumando, casais abraçados, um burburinho – como para lhe mostrar que a vida noturna conta com entretenimentos que são impróprios para sua idade.

Quando atravessou a porta de entrada do salão, ficou ali parada como quem não queria nada.

De repente, sentiu um frio na barriga ao ouvir uma voz conhecida vinda por atrás do ombro: “ Vamos dançar?”.

Olhares se cruzaram. Naquele instante, o medo já não existia mais, era como se não tivesse mais ninguém no salão e dançaram no melhor ritmo de um casal feliz. Sorriam. Conversavam em sussurros – ele entortava o pescoço e encostava seu nariz fino perto do ouvido dela. Quem sabe se ali ele não estava xavecando, sussurrando exatamente o que ela queria ouvir: que estava louco para descobrir onde mais ela tinha pintinhas além das do rosto recostado ao seu ou, na melhor das cantadas, que um dia contaria todas as pintinhas do corpo dela.

Bem, quero dizer – esse era o Danilo!

No intervalo, Danilo veio por trás, enlaçou-a pela cintura com seus braços fortes e beijou sua nuca em um gesto de ternura e exibição.

Logo depois, os dois saíram de mãos dadas.

Já perto da casa da avó, os dois se beijaram longamente, despediram-se e ela correu para escalar a janela de volta...

No quarto, ainda sentiu o cheiro da dama-da-noite, mas, por um instante parou e cheirou vagarosamente sua mão direita: “Hummm... é o cheiro dele!”.

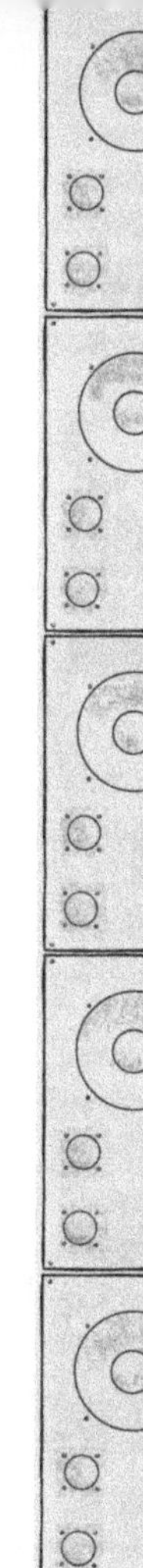
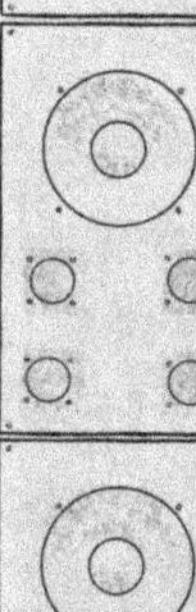
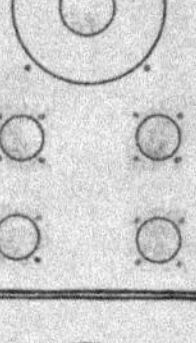
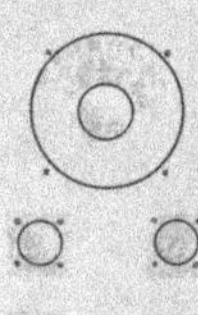

6

NOITES DE DOMINGO

Não há como prever o

intempestivo na adolescência.

Aquela noite foi apenas uma estreia para Cacilda!

Durante a semana, conversou com a mãe para, aos domingos, ir dormir na casa da avó. Nem precisou arranjar muitos argumentos para convencê-la, pois, de cara, sua mãe não ficou outra coisa que felicíssima com a proposta da filha.

Ficava ansiosa quando o fim de semana se aproximava. Ansiosa e receosa ao pensar que alguém poderia desconfiar, ansiosa e medrosa de a avó sentir sua falta no quarto, ansiosa e corajosa para pular a janela, e mais ansiosa ainda para ver o primo.

A avó também ficava ansiosa esperando a neta. Ao entardecer, já acendia as luzes do alpendre e pressentia os passos macios da neta ao tocar a campainha, dando um suspiro de alívio ou talvez de felicidade! Na cozinha, os preparativos – as gulodices – pizza, doces e tapioca – e o cheiro do café no ar.

As duas estavam ficando cada vez mais amigas – assim pensava a avó...

Em geral, as escapadas da neta eram iguais: chegava à casa da avó, conversava, comia, fingia dormir, pulava a janela, ia para o baile e, lá pelas tantas, voltava para a casa da avó novamente. Ao amanhecer do dia, retornava à sua casa, certa de ter feito o melhor programa de sua vida.

Para Cacilda, estava tudo certo!

“Ele ficará comigo para sempre” –, pensava.

A inveja e a rede informal

de compartilhar histórias.

Cacilda não imaginava que sua presença no baile poderia chamar a atenção de outras pessoas, e muito menos maldava do que elas seriam capazes – as olhadelas, a inveja, as fofocas do dia seguinte, os boatos que podiam surgir, as más-línguas, os enredos...

Certamente, outras garotas que frequentavam o baile gostariam de estar no seu lugar. Pareciam sentir inveja com seus olhares furtivos e suas jogadas maldosas. Faziam qualquer coisa para os dois brigarem. Falavam mal dele, inventavam histórias distorcidas, diziam que ele a traía, que era um traidor e egoísta, e, ainda, faziam jogo de sedução para rivalizá-los. Uma delas, Iracema, namorou Danilo por quase um ano. Sentiu-se frustrada quando ele terminou o namoro, e queria a todo custo reconquistá-lo. Certa vez, quando o viu com a prima, por vingança ou ciúme, jogou um copo de cerveja em seu peito.

Pareciam desejar que Cacilda caísse durinha – que até mesmo morresse, embora nos braços de Danilo... Inveja por ela ser prima, inveja por ela ser novinha, inveja do seu amor, inveja das suas "pintinhas", enfim, inveja do seu espaço!

E Cacilda estava sempre neutra, como se não enxergasse as artimanhas das rivais – não brigava, não reagia ou dizia alguma coisa. Poderia dizer que estava apenas "ficando" e que não tinha intenção de namorar sério; poderia se encontrar com ele em outro lugar; poderia tirar um barato da inveja ou até mesmo evitar o contato com elas.

A verdade é que estava apaixonada e apenas atenta ao seu coração. Ao contrário do ditado "quem vê cara não vê coração", pois quem olhasse bem em seus olhos viria que eles eram o espelho de uma alma apaixonada.

Então, mesmo se arriscando, Cacilda continuava indo ao baile. Não se preocupava com nada: com quem poderia encontrar; se era tarde da noite; com a avó; com o que poderia acontecer no dia seguinte. Não tinha amigos no baile – somente os amigos do primo –, embora a maioria das pessoas que frequentavam o baile se conhecesse. Nunca imaginou que poderia estar perto dos olhos dos amigos de seus pais, ou mesmo de sua avó! Só veio descobrir isso depois que foi vista por d. Inês.

Amiga de sua avó, não era lá muito bem-afamada. Não trabalhava e gostava de andar pela vizinhança. Vivia ligada na vida alheia, conversava pelos cotovelos e, assim, tanto sentia prazer em ouvir como em contar! Qualquer boato, principalmente de namoro e adultério, queria saber até os detalhes (quando, onde, com quem), para, depois, sair batendo com a língua nos dentes.

Pouca gente a convidava para ir à sua casa, mas, ainda assim, chegava de surpresa. Durante muito tempo, ficou conhecida na cidade como "a dona do tricote!".

Era uma fofoqueira nata!

A avó de Cacilda, d. Belinha, tinha o costume de todo fim da tarde fazer um cafezinho, e, quando d. Inês aparecia, ficavam tomando o café e jogando conversa fora. Conversavam de tudo – das vacas à vida alheia.

Quem garante que, dessa vez, sua visita não foi apenas um pretexto para falar de Cacilda? De uma coisa ela tinha certeza: depois que d. Belinha soubesse das peripécias da neta, com certeza, desejaria checar a verdade, portanto, não podia perder a oportunidade de entregá-la.

Por um lado, sua atitude era de boa fé, pois sabia que Cacilda não poderia frequentar aquele ambiente, mas, por outro, tinha os seus interesses pessoais: sua única filha, Iracema, namorou aquele rapaz e ainda era apaixonada por ele.

Mal chegou, sem rodeios, foi direto ao assunto: “Belinha, quero te contar uma coisa: Cacilda estava no baile domingo à noite”.

D. Belinha arregalou os olhos e deu um passo para trás, cobrindo a boca aberta com a mão direita como se tivesse escutado algo duvidoso ou algo em que não quisesse acreditar.

“Ah, não! Minha neta estava dormindo e, além do mais, ainda não anda em baile.”

D. Inês, como a fofoqueira malvada que era, queria instigá-la: “Mas era ela sim, eu tenho certeza!”.

“Você quer infernizar a vida da minha neta!” – disse a avó, já perdendo a paciência com a amiga, coisa que ela nunca fazia.

D. Belinha ainda abriu a boca para contestá-la novamente. Não queria acreditar no que estava ouvindo.

Na cozinha, antes mesmo do primeiro gole de café, bateu o copo na mesa como que pesando o que acabara de ouvir. E, depois, a cada gole, deixava o olhar vagar rumo à janela da cozinha, como se estivesse perdida em seu passado.

Não era uma mulher de chorar fácil. Quando tinha vontade, em vez de chorar, arranjava alguma coisa para ficar esfregando ou ficava estalando os dedos. Mas, naquele dia, suas lágrimas deslizaram rápida e silenciosamente – sem soluços –, lembrando do finado marido, cuja morte estaria completando quatro meses em breve e que um dia lhe disse que sua neta Cacilda só tinha cara de santa.

"Não pode ser verdade! De qualquer forma, aguardarei o próximo domingo." – Pensou ela, ainda chorando.

Assim, queria confirmar com seus próprios olhos, antes de tomar alguma atitude, porém ainda alimentava a esperança de que não fosse verdade.

E, quando a amiga deu as costas, com o coração ainda apertado, falou sozinha: "Fofoqueira!".

Noite feliz: única e definitiva.

Domingo, seis horas da noite, Cacilda chegou de mansinho na casa da avó. Usava shortinho jeans, blusinha regata e salto alto. No rosto, uma maquiagem leve – um batonzinho e um pó facial – suficiente para esconder um pouco as “pintinhas” do seu rosto.

Nenhum motivo havia para ela suspeitar que a avó estava desconfiada.

Apenas pressentia que seria uma noite inesquecível. Pensava nisso desde a noite anterior, quando sonhou com o primo adormecido ao seu lado. Incrível como aquele sonho influenciou não só a mente de Cacilda, como também, a partir daquela noite, as coisas mudaram em sua vida! Influenciou sua mente, seu corpo, sua história, sua alma e mesmo o seu coração!

Pulou a janela pela décima vez consecutiva e, como em todas, com medo de ser vista, mas sem medo de ser feliz! Um pulo que poderia se chamar... bem... "o pulo para o amor...".

Bem antes de terminar o baile, os dois saíram de fininho. Ele já deveria estar matutando algo, e ela, carregando a ideia fixa do sonho, estava cheia de amor.

Era uma bela noite, o tempo estava fresquinho com a brisa no ar. Céu limpo, repleto de estrelas com a lua cheia luminosa e irradiando sua luz prateada. Parecia que a madrugada tinha sido arquitetada de propósito para os dois – romântica –; transitava para o amor muito mais que qualquer pôr do sol à beira-mar. Quando chegaram à casa da avó, pararam na mangueira, e foi aí que o clima esquentou! Grudados corpo a corpo, se abraçaram e se beijaram na boca. As mãos grandes do primo percorrendo o corpo da prima; eram tão macias que até lhe davam o famoso "arrepio na espinha".

Depois, sentaram-se no chão, lado a lado, ombro a ombro e de costas para a janela. Logo, os corpos chegaram bem perto e rolaram no chão...

A luminosidade era apenas da lua.

O envolvimento da menina era tanto que quase a impedia de respirar. Estavam sob uma mangueira, porém nas nuvens!

Com certeza, se este livro fosse um filme, esta seria a cena mais romântica.

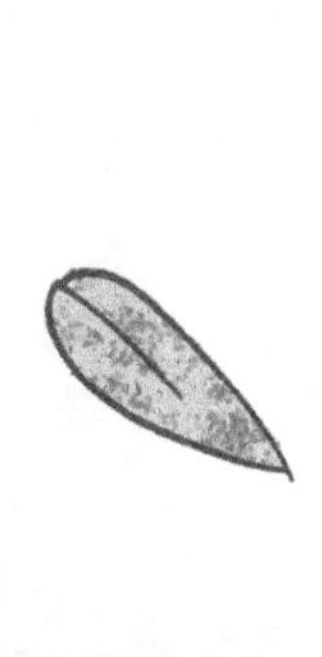

9

POR TRÁS DA JANELA

O "ver pra crer" pode doer.

Se d. Belinha, de alguma forma, já tivesse a certeza de que Cacilda estava mesmo aprontando, não saberia como encará-la naquela noite.

Isso só mostrou o quanto a avó não conhecia a neta.

Ao entrar no quarto, pensou: "Foi para o baile – bem que a Inês disse!".

O cenário era como se Cacilda tivesse sido sequestrada: luz acesa, cama desarrumada, a mesinha com alguns pertences e a janela semiaberta.

Quando se dirigiu à brecha da janela, quase teve um treco! Suas feições ficaram paralisadas, como costumava ficar quando alguma coisa a surpreendia.

Aquela mangueira seria realmente um ótimo lugar para a neta namorar, caso ela já tivesse permissão. Tudo ali era romântico! Havia um local em que antigamente sua avó costumava ficar sentada – um banco feito de tronco de coqueiro – à luz da lua, jogando conversa fora com seu avô. Existiam também vários canteiros de flores, a uns cinco metros antes da mangueira, que ela sempre cultivou. Era o lado da casa mais gostoso.

Ficou espiando em um vaivém. Com um nó na garganta, lutava contra uma explosão verbal. Chegou até a abrir a boca para dizer um palavrão, mas percebeu que estava nervosa demais e optou, em vez disso, por olhar mais uma vez. Por um momento, ficou tonta, quis parar de olhar, mas estava difícil tirar seu pescoço daquela brecha. "Ai, meu Deus, que coisa estranha" – voltava –, "será que ele não está sufocando ela?".

Quando voltou para seu quarto, um turbilhão de sentimentos ruins tomou conta dela, e desabou a chorar. Queria muito saber quem era aquele rapaz que não reconheceu.

E pensava lá com seus botões: "Seu avô tinha razão, você é mesmo uma sonsa!".

E Cacilda, do outro lado, pensava com os dela: "Vovó deve estar dormindo".

E a avó repetia: "Sonsa!".

10

EU MUDEI

Perda da virgindade: mudanças!

Quando viu o alvorecer, Cacilda nem se deu conta de que a janela do quarto estava fechada. Sentiu apenas a penumbra do dia, meio fria e clara, tornando-se quase palpável, como quando a gente sente que a noite está indo e um novo dia já está vindo.

"Já é segunda-feira!"

Apressada, levantou-se, bateu as mãos limpando-se da areia e ajeitou a roupa.

De repente, ouviu: "Você nunca tinha... antes?".

Ela colocou o dedo indicador na boca e, depois, só balançou a cabeça da esquerda para a direita, falando que nem uma surda como quem diz: "Não conte a ninguém, você foi o primeiro".

"Não, não conto", sussurrou o primo, enquanto ela se distanciava dele.

Quando chegou à sua casa, foi direto para a cama. Estava tensa. Por um bom tempo, ficou acordada. "Como foi gostoso ele me tocar, como eu estava cheia de desejo, como... como tudo!" As cenas íntimas que marcaram o seu corpo estavam bem recentes, disputando território com seu sono.

Adormeceu pensando no amor...

Acordou com as mãos da mãe lhe chacoalhando: "Acorda, menina, já é meio-dia, tem que ir para a escola".

Não estava interessada em nada, mas levantou.

Carregava um sentimento confuso de medo – ora de nada, ora de tudo – medo de ter estragado sua vida, de ser rejeitada, de a família descobrir, de ser abandonada por Danilo. Enfim, sentia medo do novo, algo que estava fixo em seu pensamento, e não mais colado em seu corpo, apenas na alma.

"Não sou mais a mesma" – pensou. "Perdi minha virgindade!"

11

A SAPIÊNCIA DA AVÓ

Por trás do jeito rígido,

as doces palavras da avó.

D. Belinha era muito especial!

No meio de tantas dúvidas e mágoas, de uma coisa tinha certeza: a neta estava se expondo e era sua obrigação mostrar os riscos.

"E como que não vi? Justo ela! Ai, meu Deus! E se ela fazia isso desde o primeiro domingo? Não duvido que esteja grávida!"

Precisava urgentemente conversar com Cacilda.

Via a necessidade de controlar a situação, de ajudar a neta, zelar por sua reputação, para que seu nome não ficasse de boca em boca, para evitar os olhares maldosos, as humilhações e, acima de tudo, para que se protegesse sexualmente.

Pensou em si mesma naquela idade, as "inquietações" que sentia quando o primeiro amor lhe pegou de surpresa, as fantasias, os sonhos, e hoje somente lembranças.

Tomando seu café da manhã, pensou em comunicar aquele infortúnio aos seus pais. "Como explicarei? O que pensarão? O que farão? E as repercussões? Nãooooo..."

Seu amor pela neta desconhecia limites, tanto que chegou a pensar que o que viu poderia ser supostamente tolerável por seus pais, a julgar pelo modo como era tratada pelas irmãs. Assim, temia contar o que aconteceu. Por fim, preferiu manter sigilo e conversar com a neta reservadamente.

Com um ar de preocupação e voz de apelo, aos poucos a avó foi puxando o assunto. No meio da conversa, exagerou um pouco, para que a neta sentisse que o que estava aprontando era mais sério do que parecia...

Falou das coisas erradas – das mentiras, do que tinha visto na mangueira, do que estava causando, pecando e traindo sua confiança. Contou da fofoqueira, dos perigos de ser uma adolescente sexualmente ativa. Depois, com muita firmeza, deu alguns conselhos e implorou – como alguém tentando salvar uma vida – para que a menina não mais fosse dormir em sua casa: "Por favor... por favor... não venha mais dormir aqui".

Sem saída, Cacilda teve que confessar. Carregava um sentimento de culpa. Com muita vergonha, teve que dizer até os detalhes mais picantes que passou ao lado do primo.

Depois, com um ar saudoso e as lágrimas se acumulando nos olhos, disse: "Pulei a janela todas as noites para ir ao baile, mas na mangueira só fui uma vez".

Por um momento mordeu os lábios, e, com um olhar bem distraído, pensava em pedir à avó mais uma chance para ir ao baile, pelo menos uma única vez, mas, com medo de levar um não, só pediu desculpa novamente e com muita sinceridade: "Desculpa, vó, eu errei!".

No final, agradeceu a avó por ter guardado seu segredo.

"Minha filha, é melhor cortar o mal pela raiz!" – completou a avó.

"Mas, vó, você está dizendo que ele me fez mal?"

"Mal não fez, mas você deu mole."

Nessa ocasião, ouviu uma voz de um jeito que nunca tinha escutado antes! Ouviu sua mente falando com o seu coração e sentiu que a avó a amava de verdade.

E as duas se abraçaram.

12

A ESPERANÇA

Insistir no erro foi apenas

uma continuação do começo.

Ao mesmo tempo que Cacilda sentia saudade dos domingos passados, entristecia-se em pensar nos domingos seguintes.

Havia curtido cada instante de sua paixão, mesmo clandestinamente, mas, agora, chorava escondido, dormia mal e sonhava com as lembranças entrecortadas...

Tinha pesadelos. Em um deles, estava sendo ameaçada de levar uma surra de seu pai. Junto, estava uma senhora de vestido preto, chorando e pedindo misericórdia. Com muita dificuldade, percebeu que era sua avó, que trazia o luto pela morte de seu avô. O que mais lhe perturbava era que suas irmãs, uma ao lado da outra, riam, gritavam "pintada" ao mesmo tempo, e nenhuma levantava uma palha para impedir a surra, como se estivessem concordando com a atitude do pai. Acordou assustada.

Toda vez que sonhava com alguma coisa desagradável como essa, rapidamente pensava: "É triste, mas é apenas um sonho". Dessa vez, não foi só triste como foi real.

Dizem que "o que os olhos não veem o coração não sente". Este ditado não combinou com o coração de Cacilda. Estava claro que pouca coisa em sua vida seria pior do que deixar de ver Danilo. Enxergava a dificuldade, a quase certeza da impossibilidade de "ficar" com o primo, como antes.

Que tristeza!

Agora, só com a permissão dos seus pais, mas era quase certo que não aprovariam. Temia pedir!

De mais a mais, só lhe restava a esperança!

Então, com a esperança de que, um dia (talvez quando completasse quinze anos, dali a dois anos), pudesse namorá-lo de verdade, admitiu que, acontecesse o que acontecesse, teria mesmo que dar um tempo.

Ah, mas como o amor não se explica e, tampouco, o intempestivo espera, Cacilda ficou sem ver o primo apenas por três semanas e, não suportando mais, resolveu procurá-lo!

Os dois combinaram que ela cabulasse aula e se encontrassem no parque que ficava a duas quadras da escola. Fazia pouco tempo que tinha sido inaugurado e, nele, os espaços ainda eram muito primitivos, com árvores antigas e alguns cantos parecendo esconderijos abandonados à própria sorte. Era, então, um lugar ideal para que os primos "ficassem".

Cacilda dava suas escapulidas no recreio, quando as professoras sumiam e a amiga Marina ficava lanchando. Encontrava Danilo na entrada do parque e, de lá, seguiam sempre para o mesmo local – uma pequena gruta com Nossa Senhora de Fátima em um dos esconderijos.

Sempre que se encontravam, ela estava vestida de uniforme e ele, de bermuda e camiseta, o que a deixava mais e mais apaixonada. Ficava deslumbrada por estar com um cara mais velho e todo sarado.

Certo dia, contou para Marina que ia dar uma fugida para encontrar o primo.

“Olha lá, você está faltando muito. Se a sua mãe descobre!” – falou Marina.

“Até você, Maria Bolinha, está pisando no meu pé? Eu vou pisar na sua bolinha!” – respondeu.

Marina queria apenas puxar seu braço e ser vista como uma boa amiga, porém ficou muito triste depois do que ouviu.

E nem é preciso dizer que, quando a diretora tomou conhecimento das frequentes faltas de Cacilda, chamou sua mãe. Nesse momento, Cacilda teve que falar a verdade.

Essa história resultou em uma longa conversa entre sua mãe e seu pai. Até então, ela não sabia o que estava para lhe acontecer.

“Isto é vergonhoso, não pode ficar assim!” – disse o pai.

No dia seguinte, a coisa foi séria: Cacilda levou uma surra de verdade.

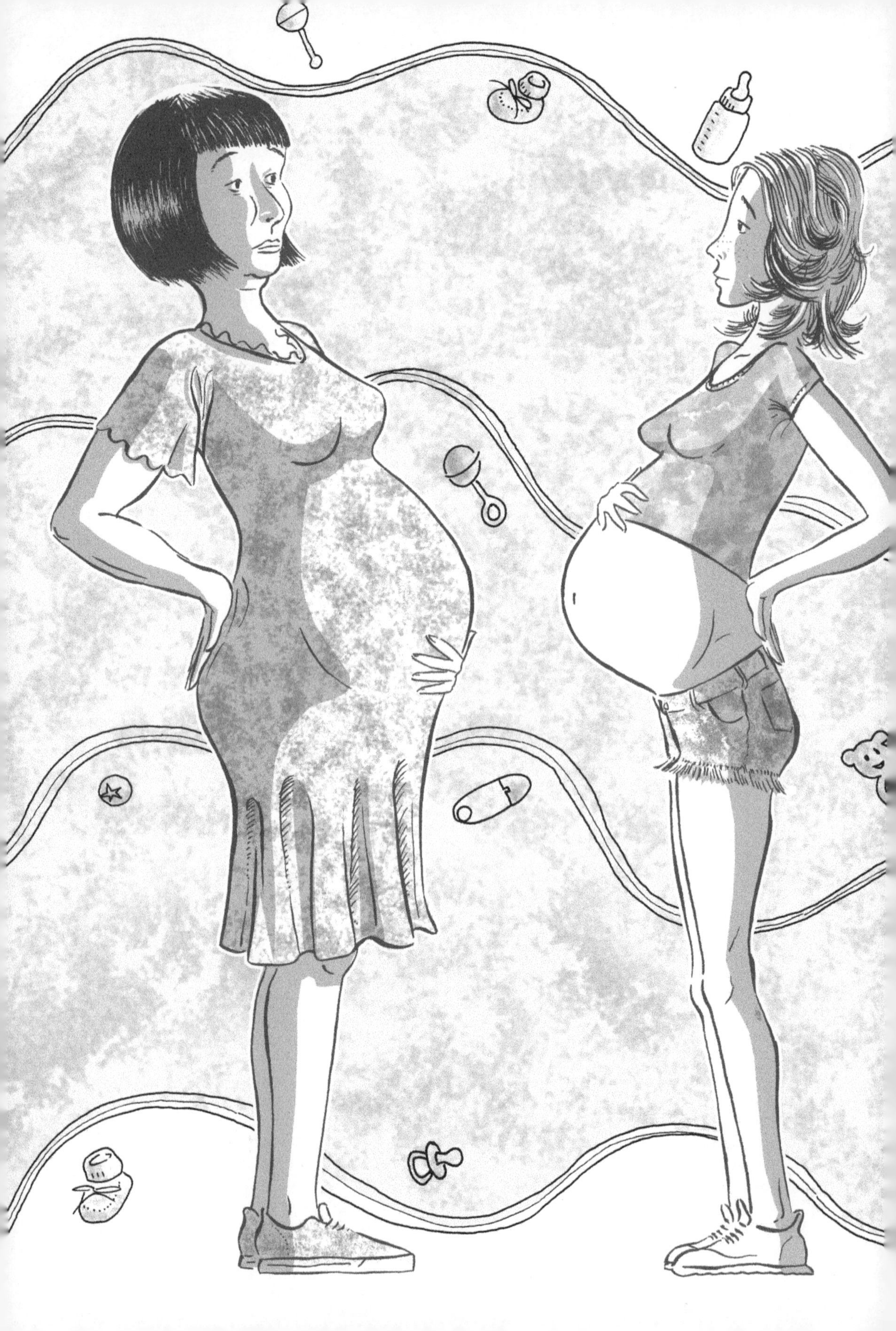

13

COINCIDÊNCIAS

Nenhuma história materna é igual à outra,

exceto suas coincidências

Cacilda quase não dormiu naquela noite. Dava um cochilo, acordava pensando em Danilo. Dava outro cochilo, acordava pensando no pesadelo que teve levando uma surra. Dava outro cochilo, acordava pensando na surra que levou do pai. E, assim, acordou várias vezes.

Por tudo isso e também por se sentir enjoada, com tontura e depois de quase ter desmaiado, Cacilda não amanheceu bem. Sua mãe resolveu levá-la a um pronto-socorro. Inicialmente passou com um clínico, que lhe encaminhou ao ginecologista. Este, após fazer algumas perguntas, solicitou-lhe uma série de exames, dentre eles, um teste de gravidez!

Cacilda, depois que coletou os exames, dirigiu-se com a mãe para uma sala em que ficaram conversando. "Ah, meu Deus, por que será que ele pediu esse exame?" – pensou a mãe preocupada; se, de alguma forma, tivesse percebido antes que Cacilda estava grávida, não teria consentido que levasse aquela surra.

Fazia apenas um ano que Cacilda tinha menstruado pela primeira vez. Inexperiente, nunca tinha feito um *check-up* de sua vida sexual. As irmãs falavam de contraceptivos e de anticoncepcional, mas veio a saber da "pílula do dia seguinte" e de camisinha por meio de Danilo.

Depois de três horas de espera, os exames tão aguardados ficaram prontos.

"Deu positivo! Você está grávida, Cacilda!" – falou o médico ao ler o resultado do teste de gravidez.

Naquele momento, as duas se entreolharam. De repente, a mãe começou a passar mal e, em um corre-corre, foi levada para uma sala de observação. Depois de um breve exame, o doutor pediu um teste de gravidez para a mãe também.

Coisas de maternidade – mãe e filha grávidas ao mesmo tempo.

14

FELICIDADE NEM SEMPRE TRAZ FELICIDADE

A notícia que mudou tudo.

Quando Cacilda descobriu que estava grávida, transformou-se na própria esperança da felicidade. Se soubesse o que aconteceria no seu futuro, não estaria andando sobre as nuvens.

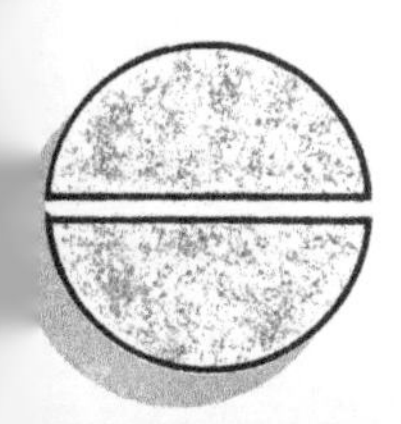

Com um sorriso estampado no rosto, louca para contar a Danilo, mas, quando pairou a dúvida da reação dele com a notícia de ser pai, encheu-se de medo e preocupação. Questionava se ele ia gostar ou não, se receberia a notícia como algo bom ou como uma bomba, se ficaria feliz ou triste, se a culparia ou não. Afinal, se ele lhe pediu para tomar a pílula do dia seguinte, foi porque não queria ser pai...

A fim de se prevenir, Danilo sempre usava camisinha. Quando a esquecia, dava o seu "próprio jeitinho" e, no pior dos sustos, quando a camisinha estourava, orientava a parceira a tomar a pílula do dia seguinte.

Tudo isso só mostrava o quanto ele se guardava!

No entanto, certa vez, contrariando a sua prevenção, a camisinha furou com Cacilda. Pediu para que ela fosse tomar a "pílula do dia seguinte", mas, por algum motivo, a garota não o fez. Talvez porque quisesse se vingar das invejosas (morreriam de inveja quando vissem sua barriga), talvez para saber o limite do amor do primo (sentir se realmente ele gostava dela), quem sabe por desconhecer o contraceptivo de emergência (não sabia da pílula do dia seguinte), ou mesmo a fim

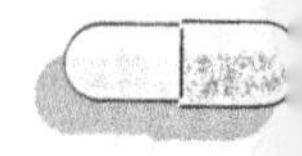

de sentir a "hora" antes do nascimento (saber das dificuldades da dor do parto), ou, ainda, porque queria arranjar um culpado (ele que deixou a camisinha estourar), ou, simplesmente, porque sabia que aquele pequeno incidente poderia ser a gota d'água para realizar seu sonho ingênuo: casar!

Também tinha medo de que ele ficasse sabendo pela "rádio peão". Moravam em uma cidade pequena e, fora isso, aquela seria uma notícia "quentinha" para os fofoqueiros de plantão.

Lembrou-se de que a avó uma vez lhe disse: "Quando tiver alguma coisa importante para falar, fale logo". Assim, resolveu seguir o conselho dela e contar logo.

Quem visse Danilo naquele momento diria que ele estava tendo uma grande vertigem, de tão pálido que ficou.

— Você fez de propósito! – no susto, falou.

— De propósito quem fez foi você. Naquele dia, você forçou muito, fiquei toda suja. Cheguei em casa e fui direto limpar aquilo de mim. E minha falta de experiência me fez acreditar que nunca iria engravidar! – mentiu Cacilda.

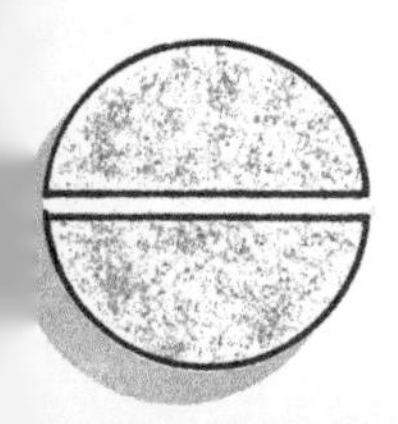

Foi nesse momento que ele se deu conta de que estava errado. Refletiu que estava "apenas" ficando com a prima. Queria voltar atrás, só para alertar seu juízo, dar-lhe uma chacoalhada e gritar: "Cara, isso não deve acontecer, você está louco? Ela é uma adolescente e você é dez anos mais velho!" – depois do susto que levou quando Cacilda lhe deu a notícia de que seria pai.

Queria continuar solteiro. Casar, obviamente, seria uma empreitada assustadora. Portanto, nunca havia pensado em se casar e, muito menos, em ser pai.

"Mas eu não fiz nenhuma promessa!" – pensou.

Na verdade, todas as vezes em que "ficou" com a prima, só dava conta de uma coisa: que ela era toda pintadinha!

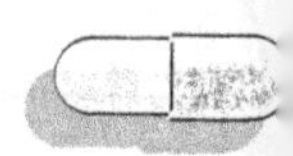

15

DOIS FILHOS E DUAS MÃES

A maternidade é o paraíso das mães,

com olhares brilhantes e felizes semblantes.

Nem é preciso dizer que a gravidez de Cacilda foi apenas o final de um sonho precoce e adolescente. Então, fez o que fez – não tomou a "pílula do dia seguinte" de propósito – pois, desde as primeiras vezes que "ficou" com o primo, já alimentava esse sonho de se casar!

Seus pais ficaram muito intrigados por ela ter desafiado as convenções da família. Diziam que ela era criança para umas coisas e para outras não, mas nunca imaginaram que a esperteza de Cacilda fosse tão aguçada a ponto de mentir para se encontrar com o primo e, depois, do nada, aparecer grávida. Precisaram de um tempo para aceitar sua gravidez.

Logo, as especulações se espalharam na pequena cidade em que moravam.

"Quê!? Tão nova!"

"Ah, mas desde quando eles estavam ficando?"

"Será que os pais sabiam?"

"Espertinha... deu o golpe!"

E, pouco antes de um mês para seu aniversário de quatorze anos, deu à luz ao seu filho. Alarmada com a dor do parto, gritava suada e gemia assustada. Sentiu que ganhar um bebê não é tão interessante quanto fazê-lo...

Seu primeiro pensamento foi: "nada em minha vida será como era antes, e nada será como sonhei um dia".

Mesmo com a mãe ao seu lado, sentiu que estava à deriva. Não sabia o que ia acontecer – como cuidaria do bebê, se alguém lhe ajudaria, se ainda estudaria (ainda estava na

sétima série), se o pai de seu filho seria presente... pensava nessas coisas constantemente. Também pensava nos erros que cometeu.

E foi então que recebeu uma visita de uma psicóloga no quarto, que, depois de uma longa conversa, contou-lhe que oferecia aconselhamento psicológico em uma Casa de Apoio que abrigava mães adolescentes com menos de quatorze anos. Era uma grande profissional, intimidada com o seu novo trabalho. Falou que todas as adolescentes da casa ainda ostentavam traços de menina; engravidavam precocemente e, como não tinham opção, iam morar ali com seu bebê; que cada uma carregava uma "história materna" diferente; emocionadas, falavam de assédio, abuso, agressões, preconceito, humilhação, desobediência, vergonha, falta de liberdade, mudança de vida e ausência de apoio familiar. E completou: "O início da adolescência ainda é uma infância e, pensando assim, uma criança não pode ser mãe..."

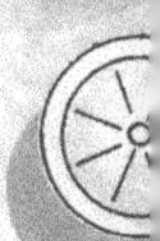

Cacilda ficou perplexa com o que acabara de ouvir e logo ficou triste pensando nessas mães; também pensou nas suas bonecas, na sua avó que lhe flagrou na mangueira, na sua mãe que, em breve, também seria mãe. Contudo, uma

coisa lhe encheu de gratidão: a certeza de que podia voltar para casa!

Tem uma coisa certa, porém. A maternidade fez de Cacilda uma outra pessoa. Virou uma filha quieta, a mais quieta de todas as irmãs, uma neta quieta, e uma mãe quieta, dentro de casa, cuidando do seu filho com muito amor.

Depois de alguns dias em casa começaram as visitas. Cacilda viu-se cortejada pelos curiosos – vizinhos, amigos dos parentes e até mesmo pelas amigas de Danilo ("as invejosas"), algumas das quais, se tivessem oportunidade, trocariam de vida com Cacilda em um piscar de olhos! Uma, com certeza, seria Iracema – filha da fofoqueira – que agora sentia uma baita inveja do seu bebezinho.

Curiosa, beijava e elogiava o bebê: "Que bebê fofo! Posso tirar uma foto com ele? Como ele se parece com o pai! E o casório?".

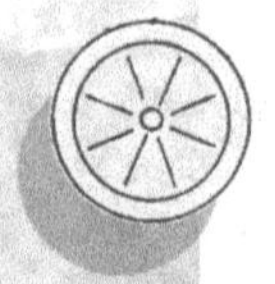

Uma semana depois, foi a vez de sua mãe, que, sem medo de ser feliz, recomeçou tudo, com mais idade, porém com mais

maturidade, entendendo que a chegada de Francisco não estava fora do seu projeto de vida.

Agora, mãe e filha dividindo as emoções da maternidade.

Filho da filha e filho da mãe – juntos como dois irmãos!